¡Bienvenidos a México!

por Mary Lindeen

Tabla de contenidos

Consultora:
Adria F. Klein, Ph.D.
California State University, San Bernardino

capstone classroom
Heinemann Raintree • Red Brick Learning
division of Capstone

¡Hola, México!

"¡Hola!" es el saludo en español para el inglés *hello*. El español es el idioma oficial de México. México es un país de América del Norte. Está al sur de los Estados Unidos.

Algunas personas creen que la forma del país se parece a un tornado. Otros creen que se parece a un triángulo. ¿Qué crees tú?

Espacios abiertos

México tiene montañas, desiertos y playas. A las personas les gusta ir a nadar y a bucear en los océanos. Personas de todo el mundo visitan las playas soleadas mexicanas.

También hay muchas haciendas en México. Los agricultores cultivan maíz, frijoles, fruta y otros cultivos. El suelo fértil y el clima cálido hacen que sea un buen lugar para la agricultura.

Fiesta

En México una **fiesta** es una celebración divertida. Los bailarines visten trajes coloridos. Los músicos tocan música tradicional, y todos comen sus comidas preferidas.

Romper una piñata es otra de las cosas divertidas que se hacen en una fiesta. La piñata está llena de caramelos y juguetes. Todos se turnan para golpear la piñata y romperla.

Las **tortillas** son un tipo de pan mexicano redondo y plano. Se pueden hacer con harina de maíz o de trigo. Por lo general, las tortillas se rellenan con carne, frijoles o queso.

Los crujientes trozos de tortilla frita se comen con **salsa**, otra comida popular mexicana. La salsa se prepara con una mezcla de tomates picados, cebollas y pimientos chile. La salsa puede ser suave o muy picante.

Arte e historia

México también es famoso por la plata. La plata proviene de minas profundas subterráneas. Los artesanos usan la plata para hacer joyas y adornos muy bonitos.

También se conoce a México por otros tipos de artesanías. Estas mantas coloridas son tan solo un ejemplo de las artesanías hermosas realizadas por los artesanos talentosos de México.

Algunos de los lugares más famosos de México son muy antiguos. Son restos de edificios que tienen más de mil años de antigüedad. Esta pirámide la construyó el pueblo antiguo **maya**.

El pueblo **azteca** también vivió en México. Muchas de sus ciudades fueron destruídas por exploradores y colonos que llegaron a México desde otros países. El pueblo de México se siente orgulloso de su país y de su historia.

México hoy

México tiene pueblos pequeños y ciudades grandes, igual que cualquier otro país. La ciudad más grande es la Ciudad de México. Es la capital del país. Allí viven y trabajan millones de personas.

Hay muchos negocios, casas y edificios de oficinas nuevos en la Ciudad de México. También hay edificios que tienen cientos de años. Es como el país mismo: muy moderno con un pueblo orgulloso de su historia.

Glosario

aztecas pueblo cuyo imperio poderoso gobernó México central entre los años 1300 y 1500

fiesta celebración o festival de los países de habla hispana

maya que pertenece a un pueblo nativo de México y de América Central

salsa aderezo mexicano preparado con verduras picadas

tortilla pan redondo y plano de maíz o trigo